往後餘生

柯彥瑩（余小光）——著

雨季都停了，你還想要氾濫什麼？

【總序】

台灣詩學吹鼓吹詩人叢書出版緣起

◎蘇紹連

「臺灣詩學季刊雜誌社」創辦於一九九二年十二月六日，這是臺灣詩壇上一個歷史性的日子，這個日子開啟了臺灣詩學時代的來臨。《臺灣詩學季刊》在前後任社長向明和李瑞騰的帶領下，經歷了兩位主編白靈、蕭蕭，至二〇〇二年改版為《臺灣詩學學刊》，由鄭慧如主編，以學術論文為主，附刊詩作。二〇〇三年六月十一日設立「吹鼓吹詩論壇」網站，從此，一個大型的詩論壇終於在臺灣誕生。二〇〇五年九月增加《臺灣詩學．吹鼓吹詩論壇》刊物，由蘇紹連主編。《臺灣詩學》以雙刊物形態創詩壇之舉，同時出版學術專業的評論詩學，及以詩創作為主的詩刊。

「吹鼓吹詩論壇」定位為新世代新勢力的網路詩社群，以「詩腸鼓吹，吹響詩號，鼓動詩潮」十二字為論壇主旨，典出自於唐朝．馮贄《雲仙雜記．二、俗耳針砭，詩腸鼓吹》：「戴顒春日攜雙柑斗酒，人問何之，曰：『往聽黃鸝聲，此俗耳針砭，詩腸鼓吹，汝知之乎？』」因黃鸝之聲悅耳動聽，可以發人清思，激發詩興，詩興的激發必須砭去俗思，代以雅興。論壇名稱「吹鼓吹」三字響亮，論壇主旨旗幟鮮明，立即在網路詩界開荒之際引領風騷。

「吹鼓吹詩論壇」網站在臺灣網路執詩界牛耳是不爭的事實，詩的創作者或讀者們競相加入論壇為會員，除於論壇發表詩作、賞評回覆外，更有擔任版主者參與論壇版務的工作，一起推動論壇的輪子，繼續邁向更為寬廣的網路詩創作及交流場域。在這之中，有許多潛質優異的一九七〇和一九八〇世代的年輕詩人逐漸浮現出來，其詩作散發耀眼的光芒，深受詩壇前輩們的矚目，另外，也有許多重拾詩筆寫詩的一九五〇和一九六〇世代詩人，因為加入「吹鼓吹詩論壇」後更為勤奮努力，而獲得可觀的成果，他們不分年紀，都曾參與「吹鼓吹詩論壇」的耕耘，現今已是能獨當一面的二十一世紀頂尖詩人。

二〇一〇年，為因應 facebook 的強力效應，「臺灣詩學」增設了「facebook 詩論壇」社團，由臉書上的寫作者直接加入為會員，一齊發表詩文、談詩論藝，相互交流。二〇一七年一月二日起，將「facebook 詩論壇」改為本社在臉書推動徵稿的平臺園地，與原「吹鼓吹詩論壇」網站並行運作。後來，因應網路發展趨向，「吹鼓吹詩論壇」網站漸失去魅力，故於二〇二一年五月三十一日宣告關站，轉為資料庫，只留臉書的「facebook 詩論壇」做為投稿窗口，並接受 e-mail 投稿，而《吹鼓吹論壇》詩刊仍依編輯企劃，保留設站的精神：「詩腸鼓吹，吹響詩號，鼓動詩潮」，繼續的運作。

除了《吹鼓吹論壇》詩刊外，二〇〇九年起，更進一步訂立「臺灣詩學吹鼓吹詩人叢書」方案，鼓勵在「吹鼓吹詩論壇」創作優異的詩人，出版其個人詩集，期與「臺灣詩學」的宗旨「挖深織廣，詩寫臺灣經驗；剖情析采，論說現代詩學」站在同一高度，留下創作的成果。此一方案幸得「秀威資訊科技股份有限公司」應允，而得以實現。「臺灣詩學季刊雜誌社」將戮力於此項方案的進行，每年甄選數名優秀的詩人出版詩集，以細水長流的方式，也許三年、五年，甚至十年之後，這套「吹鼓吹詩人叢書」累計無數本詩集，將是臺灣詩壇在二十一世紀中一套堅強而整齊的詩人叢書，以此見證臺灣詩史上這段期間詩人的成長及詩風的建立。

我們殷切期盼，歡迎詩人們加入「臺灣詩學吹鼓吹詩人叢書」的出版行列！

二〇二三年一月修訂

【推薦序二】

庭有枇杷樹，亭亭如蓋矣：余小光短詩裡的傷情記憶

◎余境熹　教授

風移影動，珊珊可愛

余小光（柯彥瑩，1988-）的近作似乎為我們訴說又一則唏噓的愛情故事，而一切的萌芽，既是這麼近，又是那麼遠。〈風聲〉裡說：「我們集體營火／在一個太多祕密的沙灘」。可以想像，在這一「集體」的場合，「我」有個思慕的對象，但礙於許多旁人環繞，「我」不便將心聲和盤托出，縱使滿腔「祕密」，卻只有標題微微的「風聲」能作響，相當撩人。

到終於有機會二人獨處，「我」嘗試作出試探，盼望傾慕的對象能夠回應。可是正如〈誘惑〉所述：「其實／越過道德／我就能夠找到你／只是你／假裝不知道」，對於這場有違世俗規範的愛，「你」選擇迴避，佯裝漠然。

「我」在〈終點〉喃喃自語：「我想，你只是／暫時不想跟我說話／就像小時候玩殭尸抓人／停止呼吸那樣」。詩有複義，這四行可說是「我」的自我安慰。他以為「你」的拒絕並非認真，只是在「玩」欲擒故縱的遊戲，測試「我」的真心。同時，四行詩也可指兩人真的展開了戀愛關係，可惜不久便陷入冷戰，終致破裂。最灰暗的詮解，則是認為「停止呼吸」是種實指——「你」因遇上意外，走到人生「終點」，與「我」已天人永隔，不僅於「暫時」不對話。陰、陽、殊、途，情緣不可逆地中斷。

回思是時，奄忽便已十年

無論採用上述對〈終點〉的哪種詮釋，「我」和「你」都是今生無緣。於是，「我」踏入漫長的等待時期。等待什麼？有時是等待「你」歸來，回到「我」的身邊，如〈失戀〉所示：「想念你的時候／季節總是容易著涼／伴隨而來的大雨／好像還是清洗不掉／記憶的味道」。用情深處，甚至導致時空交錯：「經過以前常走的道路／才發現去年的我／還在這裡等你」（〈你說分手以後別做朋友〉）。

但在心底，「我」很明白「你」必不再回頭。前方仍有可期嗎？能有讓「我」

復甦心靈的新戀人嗎？〈分明〉如是唸：「窗外暴雨／我的心卻很安靜／如一根久置而尚未撩撥的弦／在那裡義無反顧／等待一個明瞭的人」。

「弦」常常使人想到「心弦」，乃至是諧音「情緣」的「琴弦」。只不過「我」所「等待」的，是像鍾子期那樣「明瞭的人」，是位知己，不必是紅顏，只要他來和「我」聊一聊輕拂一下那根「久置而尚未撩撥的弦」，就足夠了。「我」不盼「暴雨」式的新戀情，守著一份「安靜」，活在往昔之愛裡。

最感人的，或許是〈海葬〉一詩：

很多時候
喜歡一個人
在沿岸的偏旁
練習說話
我知道
季節與海洋都會聽見
然後它們會告訴你

孤零零的「一個人」怎會「過得很好」？又怎會「喜歡」這種狀態呢？但「我」設想一旦要和不再「說話」的「你」談起近況，絕不能讓「你」有絲毫擔心。就用反語自欺、欺人，溫柔地掩蓋真相，卻又不經意滲出些憂傷，像我們最初聽到的：〈風聲〉。

塵泥滲漉，雨澤下注

情事無奈，無奈失去的課題還不止於情事。「我」在等待之中磨掉時光，而時光正磨掉老父的智能。〈阿茲海默症〉「一月一日／元旦」的前五行寫道：「我們都沒有撐傘，只是／陪他行走在情緒的雨中／為了一支遺失多年的鋼筆／今天請務必找到；否則他會報警」。那位記憶固著在「公權力」高漲年代的父親，滿身是波動難料的「情緒」，常常使本已憂鬱的「我」措手不及。

然而「我」對父親倒是勞而不怨，擔心遠過於怪責。「二月十一日／除夕」所寫：「此時／所有的孩子都在期待／大年初一如何散盡家產？／父親卻以為完成了儀式／與桌上擺放的祝福同時入眠」，勾勒出不再展望未來、生氣匱乏的老人形象；而「四月四日／清明節」寫「父親對於先祖的模樣／早已被迫離散」，「三月十二日／兒子生日」寫他錯把兒子記成孫女，「五月九日／母親節」的他甚至忘掉了母親，這都叫人感到可哀。

如果人生最後的歲月是空白，是遺忘，那麼，「我」對「你」的悵惘憾恨，最終是不是也會忽然跌入虛無的淵底，讓〈失戀〉的「記憶的味道」煙消雲散，〈你說分手以後別做朋友〉的「還在這裡」化為烏有，使「我」解脫呢？

瞻顧遺跡，如在昨日，令人長號不自禁

歲月的累加，父親的病變，都教「我」愈趨於成熟。誠如〈命名〉說到的：「在海嘯襲來之前／我誤以為自己只是一座小島」。現在「我」的心擴大了，不再是無法承受生命重創的「小島」，失意挫折一波波「襲來」，諷刺地塑造了「我」堅毅的形象。只可惜，年輕時單純的美好已不復再見。

〈詩意〉的前兩節，讀來何等唏噓：

時光的記事
略為青澀
我們與年少同框
定格在泛黃的意象

後來的我們
眼神都疲倦了
害怕成為明天裡
那種更穩重的大人

年少時憧憬下課，長大後卻緬懷青春，渴望拾回那課室裡的往昔、球場上的友誼。偏偏時光的沙漏不會再反轉，〈是不是老了〉如是唱嘆：

午後的陽光都放學了
我們卻選擇

在鐘響裡複習青春
收集球場燈光
一顆年少的籃球
還在拋物線的路上
來不及回來

〈詩意〉有「泛黃」的照片，〈是不是老了〉有引人回首的「鐘聲」和「籃球」。但「定格」的「青春」已不「回來」，「放學」後迎來新的「疲倦」。因為「害怕」，所以「穩重」；因為「穩重」，所以「害怕」……

萬籟有聲，而庭階寂寂

一首〈晚遊六橋待月記〉，題目是來自袁宏道（1568-1610）的散文名篇。袁宏道的山水之樂「留與山僧遊客受用，安可為俗士道哉」，慨嘆知音稀少，暗含落寞。而余小光的〈晚遊六橋待月記〉訴說：

春天，還來不及
從記憶的長廊回來
直到冬天，才發現自己
並沒有想像中的害怕寒冷

許多人來了又走
你說，我們都像梅花
我否定了你的假設，依舊在
湖泊旁邊的拱橋
假裝是一株盛開的桃花

余小光筆底的「我」仍沒有「從記憶的長廊回來」，他猶是〈海葬〉那個「喜歡一個人／在沿岸的偏旁／練習說話」的痴情男子，還會像〈失戀〉說的，忽然有「想念你的時候」。但歲月叫人習慣，像天天偷看前度情人的社交網頁，心疼的感覺也許隨日漸減，自己「並沒有想像中的」那般「害怕寒冷」，可就是無法抽身。

談不上念念不忘，卻尚有耿耿於懷。

就這樣，許多年過去，「我」也經歷了許多人事的變化，「許多人來了又走」。這「許多人」可能有一起打「年少的籃球」的友儕，有職場上點頭擦身的同僚，有阿茲海默的家人，甚至，可能也有借來填補至愛的「你」位置的異性。「來了又走」，琉璃易碎，可嘆世間情緣總是不夠堅牢。

〈晚遊六橋待月記〉的「你」是最近「來」的人，正扮演知音的角色，這是「我」自〈分明〉就已企盼的。空嘆息：正如袁宏道在散文流露出孤獨感，「我」的知己和「我」亦未能心靈相通。他用「梅花」比喻「我」，以此花象徵的堅毅概括成為「那種更穩重的大人」的「我」；「我」卻只不過一直「假裝是一株盛開的桃花」，外表維持著「盛開」的生命力，心底卻已經全然凋謝。是的，回顧〈終點〉一詩，「停止呼吸」的人又豈止遠去的她？

吁！可悲也已

是的，〈分明〉裡那「一根久置而尚未撩撥的弦」無人能撥。是的，另首詩〈前任〉說過：「想在記憶的摺痕／打一個死結／讓自己永遠無法解開」，這「死結」著實是「打」在自己心上。是的，多年過去，情況仍像〈調音〉所寫：「單坐在弦上面／等，你卻沒有來」，結果，「我就這樣子跳下去／讓所有的人／都變成了高音」。「跳下去」是幻想式的、象徵式的死，而困於愛情的「我」確算是一次又一次地處決自身……

新海誠（SHINKAI Makoto, 1973-）《秒速5公分》（*5 Centimeters per Second*）的遠野貴樹（TŌNO Takaki）有點像余小光筆下的「我」，而心靈枯竭的遠野一度選擇了辭去工作——從職場「跳下去」，展開都市的流浪。他和篠原明里（SHINOHARA Akari）無疾而終的愛情故事，與電影院內外的啜泣聲奏出迴響。

余小光寫「我」，亦在〈清商〉中點明意旨：「我的憂傷裡／總有你想要的鹽」。此處的「憂傷」指詩的內蘊，「你」是讀者，而「鹽」的功用之一即為消炎。像《秒速5公分》清滌了被情所困的觀眾心靈一樣，余小光的一系列短詩也是以「憂傷」為藥引，用情雖苦，卻帶領產生共鳴的讀者闖入封藏的回憶，疏導那積儲多年的傷，療癒心房中不易對人坦露的，從〈風聲〉一直哭喊著、亟欲脫困而出的種種「祕密」。

＊作者備註：〈失戀〉、〈命名〉、〈是不是老了〉三首詩因為更換詩作，故沒有呈現在詩集裡頭。

【推薦序二】

鬼的前生，人的後世

◎陳政彥 教授

陰森淒冷的筆調，述說著一則則掌故傳說，關於鬼魅與妖魔。用失溫的手指觸碰讀者的眼光，各種比喻精巧地扭轉著修辭，環繞不去的主題始終是死亡。

第一輯就以清明節為題，點出詩人的企圖心，〈倒帶〉、〈說好二二八不掉眼淚〉有臺灣文學史上死亡的厚重感，〈阿鼻地獄〉則是在民間信仰的塑像中思考當終末降臨的滑稽可能性。詩人叨叨絮絮地談著死亡的形式與種類，有來自影像劇集的題材，也有來自真實生活的經驗鏡射。

每次我感覺滅頂以前
就從地獄的底層回來了

——〈阿鼻地獄〉

但從表面的題材選擇與風格呈現，能夠進一步讀出來的是孤獨、疏離，是人活在二〇二三年的當下，也許是最直觀的生存感受。在沿著輯二、輯三、輯四讀下去，就這麼逆著讀回去鬼的前生，像是在老樹下、古井旁探問怪誕的由來，只有嗚咽的流水風聲，悄聲透露答案，曾經陽光明媚的場景也慢慢清晰。

曾經我們也都是在陽光下、在海邊奔跑的少年少女，對故鄉氣味有熟悉的眷戀，風吹著肌膚，帶不走太陽毒辣的印記，我們都曾經敢愛敢恨，願意表白願意咆哮，勇敢因為一無所有，更加肆無忌憚。

我們無法選擇自己的身分
卻妄想重返時序的沙灘

——〈重返壄丁：記錄畢業旅行〉

但是故鄉的輝煌早已走入歷史，就像青春只停留在記憶中，太陽仍然盡責發光隔開日與夜，但卻像遙遠的圓形日光燈貼在白色的天幕上，沒有一絲溫度。日子剪下我們身影重複貼上，顧客不滿意，老闆也不開心，我們在工作崗位上也不快樂，所有人類就這麼一天天重複著這種沒有人會幸福的循環。

比如工作上有許多
情緒的大便
老闆卻總要我們
自己吃下去

——〈狗年，狗屎運〉

也許也有過想要掙扎，想要逃脫，想要證明自己仍然有心跳，仍然是一個有知有感的人，還要時時被各種規矩法條警告，不要逾越了龐大機械當中一部分微小螺絲釘的本分，不要試圖證明身上還殘存著可笑的情緒。

但是我們曾經是滾燙的啊，相信過優美的字句，相信過左派的理想，曾經相信文字能夠拯救這日漸傾頹的時代，所以我們才會向這世界更深入、更現實的地方走去。終而被摧折而失溫，在顧客投訴、保險理財、老闆白眼、房貸車貸ＥＴＦ中，被淹沒覆蓋。

至此，才能夠知道鬼之所成為鬼，正是因為心中還有不甘，捨不得那些曾經信仰過的，曾經深愛過的。為了在這個已然冰冷的人間行走，仍然願意去努力去嘗試去發聲，只得操作那些飄渺而冰冷的意象，用半透明的腔調說著。

仍然有一些不甘死去的理想，用詩的方式堅持著。

【推薦序三】

不願平息的現實與想望

——讀余小光詩集《往後餘生》

◎蘇紹連　詩人

余小光來函說他有一本詩集預定出版，邀我為詩集寫序，由於他在詩創作路上的步履，我一直都看得見，故我欣然答應。他寄來詩集電子檔裡，有一首詩是敘述了他創作的早期經歷，竟與我息息相關，他在詩作後記說：「從還是十五歲的國中生，就在吹鼓吹詩論壇認識了紹連老師；經歷了少年詩版版主（那時筆名還叫做可火）、大學詩園版版主、分行詩行版版主。」十五歲，正是詩的萌發年紀，我大概也在十五歲之後開始接觸詩，同他一樣青春年少，做著「詩人夢」。

實現詩人夢，並非不可能，唯須初心不變，持續追求，終必有一番成績。余小光已是出版過兩本詩集的詩人了，我曾說：「小光，在七年級詩人中，是踏踏實實寫作者。有詩人別出心裁，暗走偏鋒，或許可以致勝，但是小光寫詩，硬裡子撐場，不須浮表炫目，端賴識者青睞。我讀小光詩作多年，深知他視詩如親，誠摯並嚴謹待詩，不把詩當玩物而是當成自己的生命，只要拿出來發表的詩幾乎都是像生命一樣的珍貴。」而這次要出版的第三本詩集《往後餘生》，是他再一次展現其紮實詩藝的證明。

「往後餘生」四字是書中一首詩的詩題，但拿來作為詩集書名，則頗令我驚嚇，人誕生於世，到什麼年齡可以言其往後餘生？是言自己，還是說別人？以余小光的年紀，正值青年時期，又不是年過半百，怎可就在此時說往後餘生呢？就本書的一些詩作來看，當下現在的時間點為分界，往前是已經過去的時間，生命往事都成為記憶內容，也成為詩作中不斷被取出的元素材料；而往後，則是未來的時間，有許多想望和可能的預感，充滿著不確定性，是他在詩作中開啟的窗口。

時間跨度

余小光許多詩作，都會呈現「時間跨度」，即某一時間的起始點和終止點之間的距離，例如古代和現代的歷史跨度、年少和年老的年齡跨度、誕生和死亡的生命跨度等等，時間愈久，距離愈遠，跨越的幅度愈大，任何一切的變化便更明顯。余小光從這種跨度變化中，去觀察並描述人事物，然後告知對方想法，或是表白自己心情，如是建構了詩作。

書寫時間跨度的兩端，一般分為三種，其一是「以前」和「未來」，其二是「以前」和「現在」，其三是「現在」和「未來」。余小光最常使用的時間跨度起始端是「以前」，凡敘事時或談感受時，若從以前提起，則必須先擁有「記憶」，才能回溯以前，言其當年，余小光的詩正是如此，其詩的舖排是沿著記憶之途而走向現在。記憶可以使詩作內容顯得深遠，時間跨度愈長的，敘述的情節可以更顯豐富。記憶其實像是一種光，從以前射出來，成為背景，照耀現在，「記憶的光，從小時候裡走來」〈往後餘生〉，光使潛匿於暗處的小時候顯影，每一條街道、住家、鄰旁的店舖都被光線浮雕而可見，甚至連柴米油鹽、冰淇淋、黑色的巧克力等小時候印象之物，都在光之中成為詩作中明確的細節，「太多的光線匯集於此」，所以，有太多的記憶轉化為詩作。

也有比小時候更深遠的記憶，其起始時間是在余小光出生的年代之前，例如他的〈致吾師徐照華教授〉兩首詩，透過教授的文學薰陶啟迪，那些「記憶還坐在山頭」的蘇軾、辛棄疾、李煜、曹雪芹等古代人物的事誼便成為余小光的歷史記憶；

到了近代，余小光專寫臺灣歷史或風土變遷的記憶，例如詩作〈嘉義・東石〉寫從日據時期退守民國後的眷戀與遷徙，〈鹿港風華〉匯聚了乾隆絲綢、道光茶葉、大和民族、南洋樓閣等時間留下的詞彙印記，〈時代的憂傷〉起自鄭成功來了、荷蘭人走了之後，〈倒帶〉則回溯到陳澄波還在東京，這些「歷史的傷痕尚未結痂」，故而每次回憶仍會隱隱作痛。「輯五　經典再現」則以古文十五篇採用互文方式成詩致敬，全將時間跨度的起始端拉到古文的年代，也算是一種對古代文學的記憶描述，甚為遙遠，余小光所處的年代則是這段時間跨度的終止端，他彷彿在穿越時間，回到古代扮演角色和參與敘議。

余小光的記憶來源，有屬於個人生存社會經驗的印象累積，他用於創作時，較能表達切身的真實及內心的呢喃，只須和自己對話。另一種記憶的來源，是屬於吸收前人經驗傳遞的累積，他透過大量閱讀而獲得前人的經驗，再藉著這樣產生的記憶創作出時間跨度大的詩作。

想起與想要

除了「記憶」是余小光創作的特色外，另外的一項特色是在詩作中放入思考性質的「想」，即想起什麼或想要、怎麼等等的「想」，這已沒有時間的跨度，只與腦中的理性思考貼近，沒有距離沒有控制，可能是瞬間的，像是腦波，潛意識或無意識的放射出來，是一種快閃，在詩人創作時興起意念而將之置入詩裡。〈慢動作〉詩作，說看見村里的輪椅大賽，「不免讓我想起過往的自己／曾經流連在城市的街頭」，想起，是為了便於與今村里人物生活的類比或對照，探究是否有同樣的命運。〈雌雄同體〉詩的第一行就寫想起：「我時常想起自己喜歡的樣子」，然後閃現了兩種樣子：「洪水」和「獸」，因而形成詩裡的兩種主要意象。〈雛妓〉中凝神天花板的光暈，卻想起「兒童樂園的旋轉木馬」，進而思考「盲目衝刺與起伏」的日常生活，這一想起，從「想」發展為「夢」，到最後變成旋轉木馬在夢境中飛旋，依舊追逐理想。余小光除了想起親人、想起他、想起你外，最多的是想起自己，可見大多詩作關注社會現實的他，本質上仍是一位向內凝視自己的詩人。

「想起」一詞往往趨近於過去的回憶，「想要」一詞則有向未來期望之意圖，是「往後」的事情。他的一首非常柔情的詩〈風的傾訴〉，說了「想要」，是意念的表達和期望，「沿岸美景的明信片／我多麼想要郵寄給你／異國與東風的謎底／以及歸人達達的馬蹄聲」好像只有獨自歸來，在往後餘生撿拾「離散的愛意」。在

〈任性〉詩裡也說了「想要」，是因為背德及倫理關係，兩人的感情不得不壓抑，成為都有侷限的旅人，所以「妄想抵達到一個／沒有任何人的地方」，這樣的想要，也許就是他們不能相識的往後餘生。最傷痛的「想要」是〈清商〉這首二行詩：「我的憂傷裡／總有你想要的鹽」，翻開一個人的憂傷，那是多麼不得已，但不翻開取出造成憂傷的鹽，又如何撫平傷口？鹽是傷口裡最悲苦的成分，也是憂傷不去的原因。想要在傷口裡撒進鹽，是殘忍者；想要在憂傷裡找出鹽，是慈悲者。

詩集首頁的一句引言，是身為教師的余小光對教育觀察所遇到的問題，也幾乎可能是他在詩創作上遇到的思考：

「雨季都停了，你還想要氾濫什麼？」

漫長的雨季帶來大量雨水，可能造成洪患或是生活環境的陰濕，因而我們渴望陽光照拂、大地明亮，現今雨季停了，「你」卻還「想要氾濫」，氾濫成災嗎？這是一種怎樣的心理！引言出自〈傷茉莉——《茉莉的最後一天》有感〉這首詩，「雨季」象徵扭曲和錯誤的困境，抑鬱寡歡的「你」受傷了，想要的氾濫是什麼，沒有人可以理解。現實中，雨季都停了，沒有雨水，用什麼氾濫？從余小光詩創作上看，他有意詰問詩人，「雨季」象徵現實的現象，現實誘發了詩的創作意圖，但若現象都已消失了，還能對抗什麼氾濫？詩創作沒有了現實內容，詩人只在技巧琢磨，不願節制，則技巧氾濫，或只在情感裡揮霍，不願節制，則情感氾濫。詩沒有了現實，只變成技巧和情感氾濫的產品，是一種不幸現象，所以覺醒的詩人，反而要先對抗詩人自己氾濫的技巧和情感。但現實問題層出不窮，不會消失，而是不斷再生，雨季停了，還會再次來臨，那麼，詩人想要對抗現實上及創作上的氾濫，是往後餘生的奮鬥吧！

豢養自己

余小光的詩裡有不少「自己」一詞，相當於隔離、封閉、獨立、安全、私有、退縮、孤單……等等意思，這是沒有攻擊性的對抗現實方式，不管是說我的自己或是替他人說的自己，都可能是余小光自我的鏡像投射。把「自己」說出來，展示本我，等於掀開最後的一張底牌，有時候是對現實勢力的「示強」，拍胸脯說我自己擔當就行。但有時候，說「自己」卻等於是一種對現實勢力的「示弱」，我只有

「自己」，再也沒有其他別人了。余小光的「自己」太多是示弱的，所以當詩作裡出現「自己」一詞時，詩的調性便軟弱而無奈。〈農曆新年〉寫過年景象裡內心對歲月的期待：「不願意揭曉自己／又年長一歲的真相」，是一種封閉的念頭。〈征服〉詩裡的「安靜地痛哭／給予自己水分／直到情緒被鹽化／期待死亡」和「替你建築一座古墓／順便埋葬自己」是悲傷和死亡的自己，而〈前任〉小詩：「想在你記憶的摺痕／打一個死結／讓自己永遠無法解開」則更決然，把自己封鎖在一個死結裡，這樣的詩實在令人揪心痛極。

對現實的抵抗也是一種現實行為，具有防禦性，最基本的方法就是「做自己」，靠自己保護自己，自我定義自己，而非受制於他者或主流的現實。余小光最明顯的對抗創作現實的體認之一，就是在臉書設立了一個粉絲專頁：「余小光／柯彥瑩：自己的讀者自己豢養。」

這樣的專頁名稱宣示了什麼意義或主張？他要獨立自主的創作，他認為創作需要讀者這事不能依賴別人，或許他認為要請人動用圈子網軍或尋求媒體協助或買什麼廣告宣傳，都不屑為之，因此想要有粉絲讀者，只有自己豢養，不定時餵以自己的作品，慢慢累聚，這樣的讀者才會是真正的粉絲，甚或成為知音。可是，在沒有人力資源的援助之下，這樣的經營終究是缺乏聲量的，讀者數無法劇增。或許，余小光的個性本就低調而踏踏實實，詩作風格也是如此，設立粉絲專頁更是如此，不想以花招引誘一窩蜂似的讀者。

如今，我從他要推出《往後餘生》這本詩集，歸納出以上我見到的三項特質：以「記憶」擁抱現實、以「想」思索現實、以「自己」對抗現實，期待讀者們也能看見他的詩作特質，或發現更多不同面向的特質。第一項特質，以「記憶」擁抱現實，是在情感上回溯以往，再現未曾忘懷的世界，所以像〈孤獨中的孤獨〉這樣的詩有較多的現實情節敘述，卻因充滿感性的曲線而動人；第二項特質，以「想」思索現實，必然進入理性的推演、分析、抉擇，防止感性掉入模糊的泥淖，想起什麼，想要怎麼，像〈ㄞ的後現代告別〉這首詩從四種音調寫出的告別，詩中的感性變得清醒、理性變得柔軟；第三項特質，以「自己」對抗現實，展示詩人以自我為堡壘，呈現特立獨行及不同流俗的「示弱」或「示強」，〈雛妓〉這首詩寫到「鐵窗外的天空才情願演繹著自己的色澤」是示弱，到後來「依舊追逐著自己的理想」是示強，但「美好的場域逐漸封閉逐漸／不讓任何人靠近」既示弱又示強，可以感受到「自己」是以內在的意念對抗著外在的現實。

詩的意味

談論余小光的詩，實不宜執著他詩中的意象如何如何，他或許不是把意象的雕繪看得很重的詩人，但他是擅長詩的起興感悟和人事敘述的詩人。詩集中有多首他的小詩，較少利用物體來組構意象，若有用到意象也不繁複，例如〈送行者〉一詩，脫卸可能的意象，直白描述，卻又沒有寫盡，留有巧思和玩味的空間，其簡潔精煉的語言，道出送行者的外象與內心，意味深長。他較多想要呈現的是詩的意味，意味是一種含意、表示、感覺，不像意象可以成為畫得出來的心理圖像。意味是看不見的，但可以用體會的方式，來感受詩行之間意味的律動和存在，詩若像食物，意象則是食物的形和色，耐於觀賞和繪製，以影像填飽視覺、滿足存在感；意味則是食物的味道，一入身體，則在體內感官之間飛揚或流竄，可能讓身心坦蕩舒暢，或讓你不舒適，你可以感覺到，但你捉摸不到它存在的形狀。我覺得余小光繼續重視詩的意味，可以開拓出更多不落俗套的作品。

《往後餘生》是內涵相當豐厚的一本詩集，主題多元，像許多的光，有寫民間信仰的勸世詩，有寫村里事件演變成的小說詩，有寫人類文明與歷史的災難詩，回溯過去也展望未來，布滿社會生活的經驗現象，並挑起童年映像及政治記憶，從地誌描述生活變遷之苦，從社會底層描述邊緣人的孤獨，或寫一些青春訴求甚至是偷情的倫理，以習慣告別的氛圍，寫出你我之間理智與感性的絮語，讓人看到閉眼與睜眼之間的孤寂，更特別的是寫出數位時代的愛情、家庭孕事、互文串聯的教學詩，以及對古代的遙想或對生命期待的戲謔典故詩。這些詩作，或以「記憶」回首，探索往日時光，寫出記憶的失卻、併湊、錯置、重疊、荒唐、執著、僵持、離散，或以「想」為轉捩點，凝神理性的光暈，寫出思索之前的茫然和之後的清醒，或以「自己」為本，收納現實的一切於自我的洞裡、放射自我的光芒。

〈往後餘生〉詩裡的三行：

太多的光線匯集於此
仍然是永夜？這是母親
疑惑的話。我永遠都會記得
那樣溫柔的語氣

沒錯，母親的疑惑：「太多的光線匯集於此／仍然是永夜？」也是余小光豢養的讀者們所關注的問題，在詩壇上，余小光有他自己的光芒，但詩壇給予他的位置，會不會是永夜？這仍然要靠余小光在往後餘生自我的努力，記住母親溫柔的語氣，充滿了詩的意味，我想，不久，他會像黎明的光芒被更多的讀者看見，並受到歡呼及肯定。

CONTENTS

輯一　清明節

輯二 風聲

輯三 大難

輯四 孕

輯五 經典對話

輯一

清明節

清明節

你等待的雨季
尚未來臨
我就站在你的面前
假裝是那一場雨

終點

我想，你只是
暫時不想跟我說話
就像小時候玩殭尸抓人
停止呼吸那樣

攝影：余小光〈終點〉。

調音

單坐在弦上面
等，你卻沒有來
我就這樣子跳下去
讓所有的人
都變成了高音

海葬

很多時候
喜歡一個人
在沿岸的偏旁
練習說話
我知道
季節與海洋都會聽見
然後它們會告訴你
我過得很好

送行者

送行的人
不能說再見
沿著街道的樂聲
一直想找尋你
談笑風生的模樣
：偶然的隻字片語
經過街訪鄰居
總是能夠逗引出來
情緒的起伏
我們一路走著
一路卻都忘了哭

誰怕？

——致吾師徐照華教授[1]

你走著小令的步伐
從古典裡襲來：
一闕詞搭一口酒
絕配，眾生[2]喧嘩
今晚想來點？
東坡的風

1 徐照華教授研究專長：詞學、清代文學、現代文學、紅樓夢。
2 眾生：眾多學生。

烏台、肅殺
最終還是敗給了你的豪氣
那些詩化的字眼
依舊飄揚在課堂之中
回首生命旅程的蕭瑟感
或許已經沒有風雨

我們都習慣在文學的世界裡
躲藏外在的指涉，你在說
我在聽，關於鄉土
關於襯字，總是
醞釀著自己的韻味
一種愛國的文人氣節

稼軒離不開他的夢
但是我們可以。深夜
遠方無光，傳來你的訊息
我卻感覺到無比地清醒
試圖越過記憶的紅樓
探索往日時光

情緒的喪鐘不忍響起
我們互道別離
在最後一次課堂
你黯然消失在文學的小徑
只留下生活的繾綣
和為師的風範

天上人間

——致吾師徐照華教授

直到所有的煙雨都走散了
只剩下記憶還坐在山頭
聽你細說著東坡
——手持竹杖，腳踩芒鞋
就能輕而易舉戰勝快馬
不管幾口黃酒入腸
總是後勁有力地說：「誰怕？」[1]

1 引用蘇軾〈定風波〉：「莫聽穿林打葉聲，何妨吟嘯且徐行。竹杖芒鞋輕勝馬，誰怕？一簑煙雨任平生。料峭春風吹酒醒，微冷，山頭斜照卻相迎。回首向來蕭瑟處，歸去，也無風雨也無晴。」

結果你與辛棄疾都怕
那些背棄國家的人
。你走出一條臺灣文學之路[2]
我們偶遇而相知
在書寫的國度裡從來不覺得
人間行路難[3]

放晴以後的景致是夕陽
橘紅色的光打映在熟悉的高樓
或許，紅樓裡的主角
都應該學習適可而止地哀泣

2 徐照華教授為中興大學臺灣文學研究所創所所長。

3 引用辛棄疾〈鷓鴣天．送人〉：「唱徹《陽關》淚未乾，功名餘事且加餐。浮天水送無窮樹，帶雨雲埋一半山。今古恨，幾千般，只應離合是悲歡？江頭未是風波惡，別有人間行路難！」。

莫要斜日欄杆人自憑[4]
當然也包含我在內

越過黃昏，就是傍晚
點燃一盞情緒的燈
檢視著關於你的訊息：
學術的探究、日常的問候……
彷彿爽朗的笑聲依舊
依舊同時存在於天上人間[5]

---

4 引用曹雪芹《紅樓夢・桃花行》：「桃花簾外東風軟，桃花簾內晨妝懶。簾外桃花簾內人，人與桃花隔不遠。東風有意揭簾櫳，花欲窺人簾不捲。桃花簾外開仍舊，簾中人比桃花瘦。花解憐人花也愁，隔簾消息風吹透。風透湘簾花滿庭，庭前春色倍傷情。閒苔院落門空掩，斜日欄杆人自憑。憑欄人向東風泣，茜裙偷傍桃花立。桃花桃葉亂紛紛，花綻新紅葉凝碧。霧裹煙封一萬株，烘樓照壁紅模糊。天機燒破鴛鴦錦，春酣欲醒移珊枕。侍女金盆進水來，香泉影蘸胭脂冷。胭脂鮮豔何相類，花之顏色人之淚；若將人淚比桃花，淚自長流花自媚。淚眼觀花淚易乾，淚乾春盡花憔悴。憔悴花遮憔悴人，花飛人倦易黃昏。一聲杜宇春歸盡，寂寞簾櫳空月痕。」。

5 引用李煜〈浪淘沙〉：「簾外雨潺潺，春意闌珊。羅衾不耐五更寒。夢裏不知身是客，一晌貪歡。

送肉粽[1]

鍾馗還是來到了這裡
沿海的路途微鹹
像血，流得太多
容易有惡夢的味道
一把七星劍
一位替身
一種想上吊的執念

獨自莫憑欄，無限江山，別時容易見時難。流水落花春去也，天上人間。」

1 「肉粽」是暗喻上吊死者類似肉粽般用繩索吊著，先民認為吊頸自殺者，怨氣重，會尋人交替；所以藉由跳鍾馗的民俗儀式將繩子送到鄰近的出海口焚燒，達到驅邪除煞的效果。

百年孤寂的人

你閉眼向神祉作揖
商借一陣春風：
現實出現了城鎮和綠洲
沙漠裡有駝峰指引著駱駝
運行一千隻蠶的死訊
龍門客棧外的乾屍
遲遲沒有被驅趕
眼淚卻流進了道士袍
百年之後的第一場大雨
證明你剛好睜開雙眼
讓孤寂自圓其說

往後餘生

你是我的眼，讓我看見這世界就在我眼前
——蕭煌奇

突如其來的碰撞
遮掩住我所有的文明
記憶的光，從小時候裡走來
巧遇在日常的每一條街道
住家，再過去一點就是
柴米油鹽；鄰旁的店舖還有
小美冰淇淋，我喜歡
黑色的巧克力口味

太多的光線匯集於此
仍然是永夜？這是母親
疑惑的話。我永遠都會記得
那樣溫柔的語氣
像沐浴過後的髮絲
沿著手勢起伏
順理自己的餘生

真正感覺到痛楚
其實是母親的告別
我能夠清楚地聽見生命
颳起了最後一場風雪
：白雪紛紛，像一種悼念的著迷
輕撫且落款在成年的巷弄

始終難以接受你
目光所致的不再是我

倒帶

阿土伯鋤草的夢境，大霧冉冉
歷史的傷痕尚未結痂
彷彿有所冤屈而驅動著時序
開始回溯——阿雄君、阿信兄
還在大街上奔走，不知道
這是爭執後的第幾個夜晚？
再過去一點就是午後，是一場
私菸的捉捕現場。島內
有著自己生活的步調
那個時候陳澄波還在
。還在東京

說好二二八不掉眼淚

二月二十八日的故事
有一點沉重：慘白的情緒
硬是吞下了整個黨國
恨，是最難消化的部分
其次是惶恐、是軍隊
是難以記憶第幾次早晨的悼念？
時光漸序走遠，翻閱和平
報紙加蛋以及一杯冰拿鐵
足以填滿這個假日，說好了
今天不掉眼淚，戒嚴憂傷

阿鼻地獄

每次我感覺滅頂以前
就從地獄的底層回來了
冰冷的情緒
時常被裹在火炭裡頭
那裡有一鍋熱油
因為接近夏天
而容易聞到腐朽的味道
夜晚，我都在接受刑罰
聽命牛頭馬面
任意指使

即使從第十八層來到了第十七層
我還是必須油炸自己的舌頭
然後截斷，餵養
那些甘願被奴役的鬼

幾乎是裸體的姿態
在血刀裡爬行。更多的時候
他們奪取我的雙眼
像挖冰淇淋那樣
豪邁，絲毫不在意我的苦痛
他們用動物的方式訕笑

身上充滿各式各樣的磷火
閻羅王說這是業障
必須撲滅怨恨

於是在冷與熱之間穿梭
幾乎填滿了意志的最大值
每次瀕臨腦死
我就會想起自己
第一次死亡的時候

後記：位於八卦山旁的南天宮，附有電動版的十八層地獄；主旨勸人向上，寓教娛樂，是部分彰化人兒時的共同回憶。

文青鬼

我看見的
應該就是你想要的模樣
藍襯衫。獨自
坐在靠窗的位子
時常用情緒的鋼筆
寫詩，然後輕貼
在每個蒞臨於此的旅人
白皙的女孩。我讀你
也讀你的情詩
這是一個發懶的午後
有許多信徒群聚

想再一次皈依詩的教派
。我們依序圍繞
將眼底的視野化作文字的雋永
並把心交給了世界
任由知覺放肆
去哭、去寫、去感受……
我們決議關燈。妄想
一個比日常夜晚更獨特的時刻
開始有人談起你
與你的同類。一位
春秋時代的將軍
古裝扮相，跨騎一匹骷髏的戰馬
從回憶的甬道裡走來
我們在恐慌中手持燭光
以為你們也會在這裡停駐很久

原來玻璃是門，而他說的
每一個字都是馬的步伐
在我們的玄談之中
許多鬼怪來去自如
反倒是成年人被迫返回自己的童年
訴說第一次，看見你以及
未來自己的模樣

2019.06.15創世紀詩社聚會：鬼魅之夜。

ㄞ的後現代告別

棺木不停顛簸
導致我們必須鎮靜說話
所有的句子都因為情緒過於輕聲
而無法抵擋地心引力
掉落的字詞甩出了注音
以及心碎的四種音調——

ㄞ的一聲是寶寶心裡難受（哀）
卻不想告訴你
害怕分別以後各自
擁有異地的塵土（埃）

而期許再次靠近的等待
這些都讓我放不下你
深深感覺到惋惜

ㄞ的二聲是寶寶必須承受（捱）
長時間獨立的生活
我總是太習慣依賴著你
難以想像即將一個人
去看潔白（皚）的風雪
而堆疊出一座像你的雪人

ㄞ的三聲是意志力的弱化（矮）
時間持續演化
在前行的時代裡
我總會想起過去

一起躺在青春的被窩
觀看窗外的雲氣（靄）悠遊天際
而不忍心打擾雅致

ㄞ的四聲是情感的蛻變（愛）
我們一起穿越藍色大門
步入壯年的情節
隔絕了外界吵雜的阻擾（礙）
共組一個理想的家庭
那裡將填滿你和我

直到告別式的人群都退潮了
這裡只剩下我們
想像你依舊在我的面前
對坐，喝完整個下午的茶

說著房子的裝潢和擺設
我只是靜默聆聽著
你的天馬行空
只不過上一次其實已經
是最後的機會

孤獨中的孤獨

一匹受傷的狼，當深夜在曠野中嗥叫，慘傷裡夾雜著憤怒和悲哀。

——魯迅

你居住在社會的邊緣
那有一座紅色大橋
年久失修，略顯滄桑
每當秋意流浪
冬天便侵門踏戶。
你的臉龐向陽
心卻感覺到眼神的冰冷
像雨淋後的膚質

獨自面對嘲諷的北風
在僅存的反抗中微微顫抖
妄想能堅守住人的尊嚴
不知道昏睡了多久
好像一直做著軟弱的夢
午後的大街略為髒亂
你和欲望並肩行走
裸露出古銅色的胸膛
拖行著那些不被需要的資源：
一個鐵製的音樂盒
只要轉動把手
就能聽見貝多芬的手指
輕壓琴鍵，彈奏給愛麗絲
唯一熟悉的古典音樂
簡單的音符，伴隨著紙箱

承載了過多的生活
厚實的紙板有時是床
有時是棉被、有時是
生存的城牆。墨綠色的玻璃酒瓶
搖搖晃晃，從工廠抵達回收廠
路途剛好是幾十塊的距離
天色全亮以前還有一些時差
荒廢的領域猶如草原上的曠野
某些氣味濃郁的食物
容易招致成群的流浪犬
牠們偶爾也學狼
自私並佇立在橋墩的制高點
尋覓日子裡面多餘的惶恐
始終沒有人發現你的存在
或者是消失。

染紅的住所開始有
一些蠕動，蒼蠅的盤旋
像一隻跨界的鷹隼
攤開了那些被撕裂的傷痕
裡頭多菌並有許多故事
正緩慢地乾燥

傷茉莉

——〈茉莉的最後一天〉[1]有感

最後一次見面
卻是故事的開場鏡頭
我解讀你，以及你的母親
才發現所有情緒都還存在著
萬般皆下品的文化
我想我們都是亞洲特有種

1 《你的孩子不是你的孩子》，是一部二〇一八年的臺灣電視劇，改編自作家吳曉樂的同名作品裡的五個故事，分別為〈媽媽的遙控器〉、〈貓的孩子〉、〈茉莉的最後一天〉、〈孔雀〉、〈必須過動〉。故事以親子間的互動為主題，在科幻元素的包裝下，內容諷刺臺灣教育體制下扭曲的親子關係與教育困境，及多數家長對孩子錯誤的教育方式來喚醒社會大眾。

那是一種儒家精神：
整個國家都接受了學而優的期待
學歷是日常的問候
分數宛如一種寄生蟲
不多話，安靜躲藏
直到成為所有父母的瞳孔放大片

你的抑鬱寡歡
從年少開始這樣
升學的期望值總是太過強硬
伸手觸摸，略為刺痛
彷彿有一條滲血的河流
正加快流速，準備決堤
到底還要我們氾濫什麼？
沒有人可以理解

我們想要單純的童年
只要摺一艘小船
就可以在雨季裡找到
真實的自己

輕揉哀傷的眼皮。
茉莉……
我最近買了一把透明雨傘
偶爾會拋向天空
嘗試重力實驗
看看它降落的模樣
能不能擺脫世俗的眼光

鬼父

從陰間裡傳來
似曾相似的眼神
曾經以為這就是你
旅途的終點
我偶爾會沿著相簿的邊緣
赤腳，走回逆風的記憶
看你打開三合院的門挑著
生活的重擔前往清早的市集
曉夜、窗外、怪風、熄滅
街道的燈彷彿停止呼吸
所有人都來告別了

我端詳病床上的自己
直到你來，牽起我的手
像小時候那樣走很遠很遠的路

恐怖情人

夏天。高溫的情緒
迫使我離開地球表面
在高空中接收了你的訊息
「淡了。好聚好散。」
你討厭悶熱的天氣
自從去年我們見過面
你再也沒有給我好看的臉色
但我想要你知道
我很喜歡你
被冰凍的樣子

分明

窗外暴雨
我的心卻很安靜
如一根久置而尚未撩撥的弦
在那裡義無反顧
等待一個明瞭的人

輯二

風聲

阿茲海默症

一月一日／元旦

我們都沒有撐傘，只是
陪他行走在情緒的雨中
為了一支遺失多年的鋼筆
今天請務必找到；否則他會報警
電視裡的國旗，像是公權力的背景
緩緩升起

二月十一日／除夕

夕陽包圍了今晚的年夜飯
：胡瓜還在民視說下面一位
澎恰恰已經在三立發紅包
此時，所有的孩子都在期待
大年初一如何散盡家產？
父親卻以為完成了儀式
與桌上擺放的祝福同時入眠

三月十二日／兒子生日

晚餐。來電。
語氣甜蜜，像極了愛情
對於入口即化的記憶

能夠如此，確實讓我略感訝異
接著說：「孫女，生日快樂！」

四月四日／清明節

公墓的芒草，劃傷了
他的童年。血緣在這種追思的紀念日
才開始彰顯意義，但是
父親對於先祖的模樣
早已被迫離散

五月九日／母親節

五月花開的時刻
總是溫柔，總是引誘著孩子

想起自己的母親。我問父親
今年的餐廳該舉辦在哪裡？
他說孤兒都應該返回孤兒院

六月十四日／端午節

這是他最喜歡的節慶
因為粽子、因為甜辣醬
張羅好自己的日常
像一個孩子，或者說是天使
靜謐地觀賞電視裡的群龍有首

誘惑

其實
越過道德
我就能夠找到你
只是你
假裝不知道

攝影：余小光〈誘惑〉。

風聲

我們集體營火
在一個太多祕密的沙灘

清商

我的憂傷裡
總有你想要的鹽

美好世界

一些你的
一些我的
一些是我們想的

茶室之戀：3＋11

我一直在這裡
你也都知道
彼此群聚，試探
兩個人的契合
你說緊貼的情感容易厭倦
我佯裝不懂
沒有想到最終的結局
竟像爆冷的冬季
凍結著整座臺北城
多少人因為病痛而禁足
而開始朝向我們傾倒情緒

嘉義・東石

太陽略為驕傲
尾隨時序的偏頗
迫使那些自滿的情緒
散落一地
成為場域裡的海鹽
堆積猶如牆垣
彷彿一座座孤立的古城
從日據時期退守民國
最終因為忠誠度的下陷
而雙手高舉白旗

所有居民都抵達了更安全的寓所
只剩下牡蠣還眷戀蚵棚
做了一個蚵農也作過的夢：
濕地與道路的間距
宛如沒有時差
一場雷雨讓潮汐淹沒了僅存的乾燥
濕樂園決意重新召喚候鳥
但是集體的遷徙太美、太壯觀
太容易關注飛翔的弧度
導致沒有人想要清醒

現實的雷響
還是讓彼此大夢初醒
生活上更多時候也是這樣
像行走一條消失的道路

因為沒有終點而迷茫而不知所措
那時，我們總想返回童年
重新獲得單純與生存的勇氣
——祕密、基地、眷戀
或許就是這些親密的喜悅
足以讓我們抵擋生命裡的各種為難

距離

揉搓一條細線
寄放在你的掌心
緊握就變成了掌紋
我沿著紋路行走
發現一座燈紅酒綠的城市
有著許多人際的曖昧
但都不是屬於我的

重返墾丁：記錄畢業旅行

翻閱地理課本，隱約
聽見了洋流的聲響
才發現一艘遠洋船隻
正擦身而過，褪色的南灣
彷彿青春的語意未完
——課堂複習像是一種儀式
我們無法選擇自己的身分
卻妄想重返時序的沙灘

離開墾丁大街，再靠近一點
就是大海的摺痕

年少於此，身形瘦弱
自帶一種藍調情懷
然而，盛夏百般聊賴
腳踝義無反顧遠走校園
輕踩抑鬱，讓不安
尾隨著波紋擴散出去
直至彼方的星火

迎面而來是一場集體的營火
彼此傾訴，與薄霧對坐
任由海象轉動星辰，風聲
看守四周，才發現時間
還堅守著半島，不願道別
。清晨，潛意識微亮
情緒稍嫌慵懶，我們

以大字形姿勢平躺
觀賞流離的經緯，以及
鯨群從未錯過的曙光

狗年，狗屎運

弱雞也走了
只剩下肥豬一起跨年
時常會想起自己
這麼多年的社會化
其實很犬類：
比如工作上有許多
情緒的大便
老闆卻總要我們
自己吃下去

畫家：簡佑君。

空汙

城市沒有說的
都是我想要說的

熱吻

你的吻
像搖下車窗
獨自面對
高速公路的風

租屋

有一些我們不想聽見的聲音
就像定時的鐘響
反覆出現
有時在午後
有時在傍晚
有時在男女之間

王功漁港

村落的街道略為斑駁
我彎腰，檢視石塊
歷史卻突然起身
：繁榮的港埠
有許多漁人的影子
來來去去，任憑時間
打撈鍾情的漁獲
竹筏並行如龍
蜿蜒在故鄉的鼻息之間

輕吐與吸納
像極了沿海的潮汐
終究還是帶走
上個世代的春秋大夢
持續淤積的港口
開始驅趕了貪婪與欲望
徒留下地方誌的記載

翻閱時序，我們
步行走向童年
——繁雜的蚵棚
像一座祕密基地
收藏著過多的悲傷和喜悅。
關於東北季風的放肆

候鳥決意不再棲息於此
把自然的聲息歸還給潮間帶

再過去一點就是王者之弓
我擁你入景，佇立橋上
意外成全攝影師之眼
窺探的對象；瞬間
芳苑燈塔釋放了整座星空
夕陽的退卻讓視覺
必須放在更遠的遠方
所幸，最終我們都能夠如願
找到那些迷航的漁火

鹿港風華

午後，煙雨霏霏
潮濕的情緒容易讓人
懷念老街，那
幾乎相連的屋簷
根本無須撐傘
迫使我們的視線上揚
意外地發現這是
一片自帶歷史的天空

繁華港埠，孕育了
過多商賈於此走走停停

承載喧譁的竹筏
從乾隆絲綢並排到
道光茶葉，時代的神龍
總是讓人見首不見尾

持續淤積的港口
最終，還是喚醒了
整個世代的春秋大夢
隨即而來的是鹽田
是大和民族
是南北縱貫鐵路
是整座小鎮被開發史的刻意疏遠

南投．虎頭山

草原上依稀有淚水的味道
你說有一些人來過
有一些人離開了
只留下敏感的愛情
在這裡明滅。
大霧輕輕撕開晨曦的縫隙
埔里小鎮上的街燈
還是堅持禮節
守候微光的敘述
誤以為這就是善意
直到彼此成為肢體的複數

讓青春的雜質散落一地
不再允許過多的隱喻
介入我們的高地

貓望

小雪輕輕
吻過所有的行李
一盞街燈於此佇足
喵
有光灑落
以貓的步伐試探
季節的始末
影子卻逐漸熟成
。
城市的冷漠
像一張模糊的臉孔

我開始習慣
沒有行人的背景
低溫的街景上
鵝黃色是唯一的溫暖
我緩慢靠攏
卻想起了逝世不久的主人

畫家：王乃俐。

任性

世俗太僵硬了
這讓我時常想起你
柔軟的嘴唇
沿著唇口的紋路
偷偷潛入
你背德的心事
我們同時擁有彼此
也都恰巧無法屬於對方
我的天馬行空
巧遇了你的胡思亂想
在法律的邊界

我們都是有侷限的旅人
妄想抵達一個
沒有任何人的地方
倫理的時針迫切地疾走
那些習慣的耳語
卻成為了過去
我們不能夠繼續相識
否則會傷害
託付終身的人

攝護腺

有好幾次
你沒有來找我的時候
我就自己去
找了一個很像你的人
幫我打通那條專線

外遇

她尚未離開
她卻進來了
她尚未離開
我卻進來了

青蛇

竹林的邊界，再過去一點就是人間。那裡有許多絢爛的煙火，每一次凝神，總是渴望情慾的綻放。

慾望的大霧逐漸濃郁，彼此修行成為標緻的女人。我美豔，入口即化，卻遠不及妳的一半。自從許仙介入了生活，我們的關係像是一種物理上的冰點。

忌妒妳所擁有的一切，當然也包含了許仙膚淺的愛情：我每日都在召喚他的獸性。但其實，我最想色誘的是法海。

後來的故事你們都知道了，雷峰塔始終無法囚禁妳的俗緣。過多的情愛像海，淹沒了金山寺，所有的僧侶臨死以前都還在尋覓自己的信仰，直至理性橫屍遍野。

輯三

大難

落馬

中箭
滑落下來
誰也都沒有
先問過我的感受
當然
也包括了牠
馬的

雛妓

乘載情話的透明薄膜
總是單薄了一些
很多時候醒來，只剩下
幾句輕浮的問候
我偶爾也會凝神天花板的光暈
卻想起兒童樂園的旋轉木馬
——那種盲目衝刺與起伏
彷彿訴說著日常生活
沒有終點、沒有任何
值得期待的隱喻

陌生人的悄悄話略為乾燥
櫥窗下的玫瑰花開始
有了避光性，熄燈以後
誰都不能夠再為難我的姿色
彼此進行儀式性的擁抱
想像床鋪是海而軀體
是一艘誤闖的船

生殖的疲憊已經漂浮許久
那些抑鬱的獸性被風騷搖醒
招引來更多底蘊的波浪
從身體裡面濺湧出來
像一張形而下的嘴也像慾望
在膚質上不斷索吻，誰

也無法輕易臣服誰
直到聽見清晨的呼吸聲響
鐵窗外的天空才情願演繹著自己的色澤

陣痛才剛離開，我必須
獨自來到情緒的邊陲
點燃世俗的菸，妄想
在時間的長廊裡面驅趕
每一場羞辱的大雨
或許，純潔的傘
已經無法用旋轉的方式
隔絕所有歧視。然而
夢境中飛旋的木馬依舊流浪
依舊追逐著自己的理想
但整個童年卻都袖手旁觀

放任美好的場域逐漸封閉逐漸
不讓任何人靠近

大難

城市晃動，大海的情緒
已經高漲了許久
像夜晚抗拒的惡夢
追索著我；尖叫聲此起彼落
廟宇外有太多人找尋不到神
粉碎性骨折的縫隙只剩下茫然
我也沒有料想到會是這樣的情節

城區道路也開始怒吼了
親眼目睹下墜的人群
。那些假借欲望壯大的力量

逐漸拉扯以往的安全感
不得不在現實裡踮腳
直到碎裂的頭顱與指甲
成為一幅談論過的抽象畫

過度的文明終究讓我們走回原始
荒廢的建築有太多鬼魂在尋找
暗夜底部的光，但更多人
以為是火，而溫度逐漸放肆
燒毀了大部分信仰

這個資源匱乏的後現實時代
有人近親繁殖，像過去
的某個時刻我們也如此對待
昂貴的狗，那些群聚的意識

總是期待擁有自己的部落
而不斷在紛爭裡交錯

我站在歷史末端，哀傷
熟稔的死亡與註釋
那兼併的心情偶爾也像殖民者
試圖在奴役的世界裡
把自己的故事烙印成別人的災難

失語者

你能夠理解我
所有動作的指涉嗎？

我居住的地域有許多高樓
時常遮蔽陽光以及
我的影子。
一個人，靜坐
成為緘默的午後
你離開的日子已經累積得太厚
我無力推開
那一扇分手的門

年復一年，我忘記
怎麼說話怎麼
再去對待另一個人
做了一場喑啞的惡夢
醒來以後才發現
還在另一場夢境裡面

征服

輸贏的代價是彼此粉身碎骨。
——袁惟仁

黑色星期一
天氣晴，下雨
你離開我的島嶼
帶走泥砂
只留下空瓶
這裡的植物
開始厭倦孤寂

躲進瓶子，當作
新家。旅客
付出一些貨幣

寵物花。
安靜地痛哭
給予自己水分
直到情緒被鹽化
期待死亡

歡迎光臨。
我從睡夢中醒來
雙人房的臥室
你被書籤取代

我懷念
特定的紀念日
記事本有雜亂的筆畫
替你建築一座古墓
順便埋葬自己

生活在畫布裡的人

油彩傾斜
倚靠在我們的肩
略為濕潤而誘使大雨
輕壓黑色村落
遠方隱約有人點燈
茅屋外有光來訪
看見雨滴像透明的手指
在粗糙的畫布上敲響
一道抑鬱的春雷

剩蛋，姐

家裡只剩下一顆雞蛋
姐姐說她不餓
希望我長得像聖誕樹一樣
如果沒出息
至少還可以賣錢

詩意

時光的記事
略為青澀
我們與年少同框
定格在泛黃的意象

後來的我們
眼神都疲倦了
害怕成為明天裡
那種更穩重的大人

直到你說生活像是一本詩集
呢喃著字詞而充滿無悔
青春的華麗自帶輕巧
彷彿你選擇轉身的時刻

程建評的脫口秀

偶爾會遲到
卻總是在忘詞的路上
才想出一些
純度極高的地獄梗
例如買不到太魯閣號的車票
就寧願再參加一次
父親的葬禮

馬泰拉[1]

Carlo Levi 說了許多關於你的故事
彼此沿著情節行走
來到這座穴居的城鎮
尾隨黑夜探訪街道與民宅
看見居民紛紛點燃
希望的光芒；我們群聚
在驚嘆的制高點
拍下伴侶的新婚回憶

---

1 馬泰拉因為 Carlo Levi 出版《Christ Stopped at Eboli: The Story of a Year》一書之後，廣為世人所知。

直至鐘響，教堂外的人潮開始湧入
那些因禱告而感覺安定的信徒
彷彿我們在愛情裡面的模樣
而牆上高掛的濕壁畫
一直沒有離開過
持續用拓印的色彩
續寫著自己跨時代的歷史

二〇一八年與珊義大利蜜月之旅。

翡冷翠

坦丁走了很久
徐志摩尾隨其後
那些被房子收藏的詩句
選擇在這裡曝曬
而行走過的每一條街道
都像是經歷幾次斑駁的年華
但害怕客死異鄉的情節
終究還是再度上演了

時代的憂傷

鄭成功來了
荷蘭人必須遠走
高飛。承天府一直
都在這裡，鹿港也是
艋舺不再威猛
反倒像另一種貓科動物

溫馴亦火眼金睛
喜歡用滿月的眼神
看海、看街道上的起落
——時代的劇場需要一個特寫

探照燈圈起了巴洛克的建築
精美雕琢隱藏著大戶人家的節奏
古典卻有一股清商

那樣的氛圍有時也像海
深藍色的制約，偶爾
會被淺白色的浪花突圍
不再喑啞、不再世故、不再
埋首像一個國，直到所有
遠離的商船都開始察覺
告別的情緒

Letting Go

我們居住在同一座城市
共用著同一條軌道
返鄉或者離家
搭車的時刻
從來不曾巧遇彼此
你是否也想要解釋什麼？

遠行的路途總是多雲
雷閃的光，伴隨而來是悶
是熱，是沒有風、是沒有方向
是忘記已經刪除了你的電話

……窗外烏雲密布
卻有一種慾望的聲響
驚天而不再
若隱若現

婚後生活

大雨介入了我們
爭執裡常有一些狼狽
各自依舊堅持
彼此準備遠離教堂
浪漫與情詩被擠壓在地上
。入夜之後這裡就沒有詩人了
遠方的墳塚密布而我
手執幡旗、燭火潛行
儼然變成了
誓言的引路人

過勞之島

黃昏以後
我們集體請假
前往一個距離死亡很近的地方

畫家：簡佑君。

你說分手以後別做朋友

經過以前常走的道路
才發現去年的我
還在這裡等你

輯四

孕

女演員

高腳杯外的氣候
已經開始雲集
我隔著一道透明的圍牆
看見你如同昨日
在漩渦內暢飲
最後的口角

冷戰是比冬天
還要寒冷的冰塊
越過腦門，省略了
法國式的親吻

像在異國裡
互不相識

攤平子夜，我們
各自畫出星座的邊緣
夢的搓合卻只有我能聽見
你伸出天蠍的螫
開始搶奪我的被子
然後說：金牛
我沒有醉

她吃無鹽薯條

她坐在我視線的對角
偶爾抬頭，釋放
一種被渲染過的情緒
如她紫色的頭髮——
鐘響前，她還在海邊
沒有回來。我走進講臺
那座綠色的森林
用修辭的名目訓練所有的野獸
當然，也包括了她

雌雄同體

我時常想起自己喜歡的樣子
尤其在審判之前的落地窗
你來，我就是洪水
流過了昨日以及
那多指節的領域；妳來
我就是主動的獸
解開那閉上眼睛的鈕扣
剎那即為領地的王儲

農曆新年

福壽的春聯
已經看盡了春夏秋冬
你的表情逐漸世故
卻也更像我一點

那些龜裂的楷書
藏不住文化的色澤
落下了滿地鱗片
想必都是一些疾走的年獸

迎神，許下新年的希望
廳堂裡撩撥了幾盞大紅燈籠
在微光盤旋之下
我們都期待歲月成為謎底
不願意揭曉自己
又年長一歲的真相

空曠的城市

每晚夜裡自我獨行，隨處蕩，多冰冷。

——黃家駒

維多利亞港
傳來你的消息
我緊握著生離死別
每天都在想念
你是否變成了海的樣子
日子的堆疊終於
也讓情緒消瘦不少

在這座擁擠的城市裡
對於你的想像卻是寬闊的

今夜我在餐館點了兩杯凍檸茶
雙層巴士還在等你上車
正開往我們曾經的家

長程火車

所有人都隱藏了
因為這是一輛深夜的火車
車廂內的燈光都醒著
但空調微冷，像冬季
卻沒有下雪。我們
撐著視線望向窗外
漆黑猶如森林；沿途有許多
明亮的眼正緊迫盯人
聽說，就在上個週末這裡
有熊出沒，列車
車頭燈像一雙同類的眼神

在森林裡疾駛
熊雖然可以辨視
卻寧願誤會，追隨著火車
行走、一直行走……
我猜牠也想要去
一個沒有任何人的地方
最好環境惡劣
最好沒有人知道

慢動作

村里有一種新興的活動
輪椅大賽，全場
咳嗽聲不斷膨脹
彷彿人為的環繞音響
鼓舞著每一次激情與速度
伴隨藥水氣味飄散
在倫理的場域
有人說這就是我們的汽水
但是需要自己打氣
生活已經很久沒有麼熱鬧了

不免讓我想起過往的自己
曾經流連在城市的街頭……

自從老陳的孫女決定棄養他
村里就沒有標緻的女人
每日午後，睡夢之間
我重複清醒著
看見老伴站在遠方
揮手，眼神裡
充滿日常問候
跨越生死的情感
就是這麼簡單。不多話

傍晚，所有的街燈
都開始低頭

像是誠懇的人群
將彼此圍繞。教會
禮拜的儀式上
吳神父總是小心翼翼
引領禱告，我祈求耶穌
賜予足夠的水、空氣、食物
以及夜夜夜夜的春夢

喜歡你

日子很輕
像單數
像貓的步伐
走進我的心房
我們習慣以時間記事
寫下情緒的側臉
剛好跟你一樣
有一點好看

等候

與我相遇的人
都還在趕來的路上
——我眼望著所有方向的交錯
因為時差而有了遷徙的歸宿
你還記得島國的海風嗎？
那時的我微鹹
你正是抿嘴的候鳥。

新生

有一道生命的消息
從遠方的隧道裡捎來
腳步輕盈，對於
這個世界還不太熟悉
我們就站在洞口
等待，心跳的童話

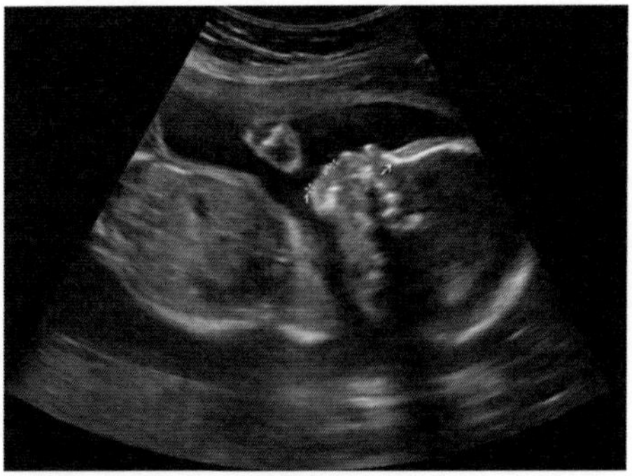

二十一週的女兒（妘沄）。

孕

午後，身體喑啞
腹部略感疲倦
窗外的景色喧嘩
烏雲不斷向此靠攏
似乎想要撫慰失落的哀傷
關於你：一種好為人母的天性

我與氛圍同時靜謐
躺臥，在沙發上定格
用上緊發條的心眼
諦聽臥室裡所有的舉動——

你像是中邪的巫祝
大量召喚情緒
卻選擇坦誠、赤裸、沒有防備
抵禦著整個世界的問候

任由時間刮傷敏感的內膜
有一點疼痛，思緒逐漸妥協
只是雨季來得太快、太強烈
迫使子宮看起來太像另一個國了[1]
企盼在來時的道路
因為迷茫而驚慌而避免
錯置自己的藏身之地

---

[1] 子宮外孕，又稱為異位妊娠。正常情況下，精子與卵子會在輸卵管內受精，之後進入子宮腔內著床發育，當受精卵著床在子宮外的地方，就叫做子宮外孕；子宮外孕最常發生的部位是輸卵管。

你掩飾卑微的表情
等待神祇介入，想像初遇
喜悅迫降卻是擦身而過
你決意振作，整理欲望
道家的生活日復一日
為了追求母親角色的人設
葉酸在左，黃體素在右

你總是說備孕如同征戰
手執意志的虎符，一聲令下
肥胖與排卵針同時行軍
即使副作用聚焦也阻擋不了
目光中的熊熊火炬
——遠方，狼煙四起

多囊[2]的士卒還說著皇族的囈語
我仰身拉弓與放箭
橫越過私密處的領地
再次衝擊著生殖的文明

初戰告捷，HCG[3]卻突然陷落
。我知道這又是一個軟弱的季節
孩子徘徊與離散，仍然
遠走高飛；我們凝神不語
試圖讓恨意鬆弛
掌心灼熱直到熟睡
直到彼此都做了相同的美夢

---

2 多囊：長期不正常的排卵，導致經期不正常，是多囊性卵巢症候群最常遇到的併發症之一。

3 HCG：學名，人絨毛膜促性腺激素，由胎盤合體滋養層細胞分泌。HCG指數反映了細胞的發育狀況，如果數值成長不理想，胚胎營養缺乏，可能會發育遲緩或者停止發育。

前任

想在記憶的摺痕
打一個死結
讓自己永遠無法解開

元宇宙

對於現況的敵意
我們尚未探索完畢
卻迫不及待地
見證了另一個宇宙的養成
——通訊海嘯已經在遠方席捲
龐大的敘事空間
彷彿沒有天地、沒有中心
沒有一切世俗的風向

只要攜帶著欲望的媒介
連線之後，哪裡都是沿岸

都是個人情緒的領地
那時，或許比較能夠理解
盜跖篇裡尾生的孤獨
：誓言的嘲弄逐漸濕褥
離開復刻的寓言才能夠遇見想念的人
你默默朝向我走來

顏值與照片如出一轍
我擅自修改了你的人設
一種至死不渝的關係
然而，模擬世界宛如牆垣
抵擋著現實生活
日常就這樣被寄託在圍城之內
已經沒有任何人可以再為難
你的虛情假意；我們都知道

只要沒有說出愛我就不算是違心
原來數位的愛情
這麼簡單。不用說謊

風的傾訴[1]

鵝黃色的午後，有些慵懶
我們居住在島嶼邊緣
時常等候隱喻的風
吹響城市每一個角落
開窗，就能感受到季節的問候

一陣風襲來，桌上的書籍
開始躁動，《詩經》的國風
總有太多民間的故事

1 挑選有關「風」意象的詩歌（〈關雎〉、李白〈落日憶山風〉、鄭愁予〈錯誤〉、游次公〈卜運算元・風雨送人來〉），將其串聯起來，因而命名「風的傾訴」。

尾隨文字起舞——
伊人就站在河岸的遠方
遲遲不敢說愛你
所以沒有太多承諾

似曾領悟彼此的關係
宛如古典詩裡
炊煙裊裊，迷人的香氣
從農村的鍋鑪中遠行
讓潛行的旅人，提早發現
除了山風這裡早已別無所有

我以為徘徊可以讓思緒
學習隱約，意料之外
走進了一座寂寞的城鎮

那裡布滿青苔，街道
充滿攤販兜售著
沿岸美景的明信片
我多麼想要郵寄給你
異國與東風的謎底
以及歸人達達的馬蹄聲

最終，我還是返回島國
步履在受潮的記憶
時間略為傾斜，打翻了
你回覆的信箋
情緒猶如一艘小船
擱淺了整個冬季
直到入夜以後才敢撿拾
離散的愛意：決意就在今晚

或許是星辰太冷
或許是風雨太強
或許是我們都尚未表態

鄉民[1]

八府巡撫斷案
聚集了一群吃瓜的群眾
每天，意外事故上演的現場
總有人置身事外
卻還是讓街談流傳到了巷弄

1 「鄉民」一詞最初的由來是周星馳電影《九品芝麻官》中狀師方唐鏡的臺詞：「我是跟鄉民進來看熱鬧的，只是往前站了一點」。因此該詞早期是帶有負面意思，就是愛起鬨、愛看熱鬧而不明是非的群眾。

西北雨

乾燥入殮，我跌進
你設限的場域
因為沒有撐傘而
成為了節氣的使者

滂沱如此無禮，陰沉
假意做拱
彷彿還有第三者
彷彿大雨曾經來過

緩慢

我安靜地在角落
畫圈圈
剛開始認識你的時候
是第一圈
慢慢地往外擴張
直到你不存在的日子
記憶的年輪
才感覺到了彆扭

對坐[1]

河悲。多風的午後
驚心茫茫，想起自己文字的童話
還在詩院裡遊行、吶喊
直到遇見一位孿生的小丑
身騎白馬，時而隱形

1 利用蘇紹連老師詩集的名稱：《茫茫集》、《童話遊行》、《驚心散文詩》、《河悲》、《隱形或者變形》、《我牽著一匹白馬》、《臺灣鄉鎮小孩》、《草木有情》、《大霧》、《散文詩自白書》、《私立小詩院》、《蘇紹連集》、《孿生小丑的吶喊》、《少年詩人夢》、《時間的影像》、《時間的背景》、《時間的零件》、《鏡頭回眸——詩與影像的思維》、《無意象之城》、《你在雨中的書房，我在街頭》、《非現實之城》、《曠遠迷茫：詩的生與死》、《攝影迷境》，增添詩句，輔以為詩作，紀念此行。

時而從遠方無意象之城潛行而來
時而變形，成為時間的影像
但背景是大霧、是鄉鎮
是一位沙鹿少年對草木有情
時而回眸時序過往
閉眼，就來到雨中的書房
睜眼，卻又身處於街頭
端詳所有行人的臉孔
卻意外遇見了殘餘的詩意
生與死的曠遠，開始也妄想
擁有自己的思維。
再一次決意闔上雙眼
腦海的意象幻化成巨大的芒草叢堆
嘗試用心攝影，情緒略為難堪
宛如面臨生活的迷境

二〇二二年。與蘇紹連站長。中央公園。

原來自己從未離開
影像裡的非現實之城

後記：

在與大就讀研究所的時候，曾與蘇紹連老師相約外拍……。轉瞬之間，又過去了幾年。上次與紹連老師見面，已經是二〇二二年三月分的事情了。

從還是十五歲的國中生，就在吹鼓吹詩論壇認識了紹連老師；經歷了少年詩版版主（那時筆名還叫做可火）、大學詩園版版主、分行詩行版版主，更藉由論壇的叢書方案得以出版詩集，心中滿是感謝。

二〇一一年參與籌備舉辦第一次吹鼓吹詩論壇實體的聚會，委託林儀協助，得以在交通十分便利的中國醫藥大學順利舉辦。

然而，今年的我已經三十五歲了。

近日紹連老師說中央公園的芒草可以去看看，我們就出發了。芒草，真的不好拍攝；雜亂無章與狂風相互交錯，靜態與動態的干戈，著實讓鏡頭無所適從。兩人徒步在園區走了又拍，拍了又走，最後紹連老師選定了一個地點：人獨坐在椅子上，面對芒草叢群，彷彿在風雲之中，相互告解……。

二〇二二年九月十八日　臺中

輯五

經典對話

（一〇八課綱古文十五篇）

燭之武退秦師

一鼓作氣。秦、晉各自威武
敵意就高舉在鄭國之外
佚之狐，果然是一隻老狐狸
燭之武想起了他的憂傷
鄭文公用善意擁抱
明亮的忠誠直至深夜
使者的任務就是刮傷聯盟
讓信任感產生歧義
諸侯靜默，繼續做著春秋大夢
：秦穆公率先清醒
晉文公只能佯裝熟睡

大同與小康

誰在經典裡嘆息？
聲音略顯沉重
——大同社會早已承受不住
君君、臣臣、父父、子子
一場倫理的政變
而開始燃燒成為欲望的軍閥
揮舞著武裝的刀劍
讓天空之中，箭簇四散
同時做著亂世的美夢
其實，公天下
像極了孔子的愛情

諫逐客書

鄭國用渠道的深淺
圍困虎狼之師
沒有了敵人的首級
帝國的勢力還能夠喧囂什麼？
李斯用文字釋出善意
看似運籌帷幄
卻是不同的透澈
畢竟，人難免一死
問題是如何面對
仕途裡的戰國

鴻門宴

聽誰的建議
已經不是很重要了
軍帳之中的天下棋局
范增神手，卻慘敗
在項羽的婦人之仁
一只碎裂的玉器
輕而易舉就能夠辨識英雄
與梟雄，劉邦移走了絆腳石
只剩下虞兮虞兮奈若何？
染紅的江東流水，終於
又找到一位可以偉大的對象

出師表

北伐的美夢
遭遇了一些居心叵測
馬謖打算用餘生留守在街亭
還給諸葛亮一個軍威
劉禪與蜀國持續歲月靜好
丞相朗誦他的履歷證明
整裝再度出發
卻想起三顧茅廬的情義
只好進盡忠言
像是不合群的老人
和歷史一起慢慢變傻

桃花源記

虛構的陽光不再容易哀傷
獨自承受著世俗的數落
打算用漁船去對抗天下大亂
情緒在前卻不知道
如何丈量無心的祕境
後方的村落早已經成為遠方
在晦暗的天空中等候隱居者的落款
一尾漏網之魚就這樣借過了
陶淵明的理想國

晚遊六橋待月記

春天，還來不及
從記憶的長廊回來
直到冬天，才發現自己
並沒有想像中的害怕寒冷

許多人來了又走
你說，我們都像梅花
我否定了你的假設，依舊在
湖泊旁邊的拱橋
假裝是一株盛開的桃花

師說

酒館即將打烊
韓愈終於說出了他的理想
關於孤單這件事情
請益是絕對必要
無論職業、身分、年齡
盡量尋找難於句讀的問題
他始終不願意承認
自己是唐代的邊緣人
連怪誕的詩風
也是如此

虯髯客傳

君授神權的薄霧四起
李世民與世襲錯身
決意炎上玄武門
冷卻唐朝的繼承者
情節就從這裡開始回溯
——紅拂女的姿色有太多隱喻
虯髯客輕揉思緒，難免誤讀
李靖摺疊自己的敵意
相約太原，欣賞旁觀者
如何左右天下的棋局，連聲嘆息
終究還是換來了一種成全

赤壁賦

壬戌之秋，蘇東坡
透澈了大海與明月的輪迴：
曹孟德與周公瑾
也曾經在這裡顧忌對方
手指千軍萬馬，彷彿
是行走的半壁江山。
斗轉星移，蓋世英雄們
都被請入了青史與冊頁
只有江水和盈缺能夠
留守於此，剛剛好
寫成了一種灑脫

項脊軒志

往事斑駁，舊書房
就座落在時光的口袋
我伸手攫取，任憑光線
檢視苦讀的記憶——祖母
將期望值嵌入象笏
母親則是輕扣著季節的門扉
探詢我的童年。閒散之餘
偶然返家，開闔的懸宕
彷彿遇見妻子，蹲坐庭院的草地
手植一棵枇杷樹，並且
囑咐我一些尚未完成的瑣事

勞山道士

王生悠忽成風
登頂觀宇，看見道士
自帶神仙色彩
開始以師徒相稱
凌晨，睡意被迫離席與夜潛行
執斧砍下了自己的保護色
直到手足的邊陲擁有沉重的心事
為師莞爾，略施小技
邀約嫦娥共飲人間
卻意外以穿牆術騷動了
王生內心的炫耀鬼

勸和論

請讓我抒情地勸說：
先民暗渡星辰
來此尋覓一個適合
擺放生活的經緯
但是過多的羅漢腳
太擁擠也太容易擦槍走火
便以融合之名，將野蠻收入學堂
無論你是閩、粵還是漳、泉
於此擦拭省籍，用同胞物與搓揉
成為同舟共濟的臺灣人

鹿港乘桴記

日本飛機來過了
我們撿拾民族的殘骸
卻看見《馬關條約》上
有一些摺痕，像李鴻章
臉上無法攤平的苦衷
時序前行不止，只剩下
記憶裡百般依賴的絕代風華
那些被迫退卻的人潮
如同淤積泥沙包圍沿岸
尾隨而來還有偏頗的縱貫鐵路
以及過度放縱的海鹽浴場

畫菊自序

新時代的風範迎面襲來
不用有太多猜想
妳學習瑤琴與繪畫
進而聽見蔡琰的離散
如何成為一個人的邊界
也能夠看見管道昇
山水畫裡的雲氣怎麼繚繞
或許，李白的俠客行為告訴妳
陶潛的隱士生活之外
還有另一種寫詩的可能

歷年得獎年表

01	二〇〇五	精誠英文詩歌	【新詩　佳作】	〈組詩四首〉
02	二〇〇六	精誠青年文藝獎	【新詩　佳作】	〈你向死亡告白之後〉
03	二〇〇九	暨南大學水煙紗蓮文學獎	【新詩　佳作】	〈如果在遠方〉
04	二〇一〇	暨南大學水煙紗蓮文學獎	【新詩　佳作】	〈在夢境中解釋或許是一種美〉
05	二〇一〇	高雄八八風災圖文徵選	【新詩　佳作】	〈他們看著我們看著他們〉
06	二〇一二	宜蘭公共藝術詩歌徵文	【新詩　第二名】	〈TUK〉
07	二〇一三	臺灣文學館好詩大家寫	【新詩　佳作】	〈瘋人冰〉
08	二〇一六	二十週年乾坤詩獎	【新詩獎】	〈餘生〉
09	二〇一六	基隆海洋文學獎	【童詩　第二名】	〈大鯨魚之家〉
10	二〇一六	草嶺古道芒花季徵文	【新詩　特優】	〈啓行：晨走草嶺古道〉

11	二〇一七	苗栗夢花文學獎	【新詩　佳作】	〈王者的榮耀——寫給苗栗高中〉
12	二〇一七	嘉義桃城文學獎	【新詩　優選】	〈潛行阿里山：尋覓第一道曙光〉
13	二〇二三	彰化建縣三百年百詩爭鳴	【新詩　入選】	〈王功漁港〉
14	二〇二三	臺中文學獎	【新詩　佳作】	〈阿茲海默症〉

【評論一】

在絕望中尋得到光芒

——余小光《往後餘生》詩集評論

◎夕下　詩人

余小光（柯彥瑩，1988-）即將出版個人第三本詩集《往後餘生》，此集以短詩為骨幹，輔以若干小詩及中長型詩篇，訴說作者的情緒。詩集分為五輯，前四輯為：「輯一・清明節」；「輯二・風聲」；「輯三・大難」；「輯四・孕」。每輯對應該主題而撰寫一系列詩篇，輯與輯之間環環相扣。「輯五・經典再現」取用「一〇八課綱十五篇古文」進行改寫，以作者理解角度下重塑該文之意。本文只集中評論前四輯，分析每輯呈現之哲理，再統合作者冀望此詩集能為讀者帶出的人生觀。

於「輯一・清明節」中，不難發現作者多以水及所引伸之物作為意象之根源。如〈送行者〉寫「我們一路走著／一路卻都忘了哭」，又如〈百年孤寂的人〉中

「龍門客棧外的乾屍／遲遲沒有被驅趕／眼淚卻流進了道士袍／百年之後的第一場大雨／證明你剛好睜開雙眼／讓孤寂自圓其說」，亦有〈天上人間——致吾師徐照華教授〉寫道的「不管幾口黃酒入腸／總是後勁有力地說：『誰怕？』」酒雖非水，但亦可視為液體，是水引伸之物。

「水」於中國文學作品中經常出現。其蘊含之意象可謂五花八門，例如張先（990-1078）所寫的〈碧牡丹〉：「望極藍橋，但暮雲千里。幾重山，幾重水」及周邦彥（1056-1121）寫的〈蘭陵王・柳〉：「愁一箭風快，半篙波暖，回頭迢遞便數驛」，細看「水」因其流動性以及匯聚成江河、湖水、大海等，成為古人的阻隔，其思念亦因此無法傳達。儘管現今科技發達、互聯網的普及，異地相隔仍可視像通訊，但「水」依然分隔兩地。故此，「水」使人聯想至阻礙與隔閡，甚或成為對親人、愛人等思念之情。

作者取之其意，並以此主題書寫一系列詩作，細說其傷情記憶。如〈清明節〉一詩，全文為：

你等待的雨季

尚未來臨
我就站在你的面前
假裝是那一場雨

當「你」一直掛念的「雨季尚未來臨」，「雨季」能夠理解成「你」等待「他」的思念，「你」與「他」在此刻無法相見。但「你」始終相信，「他」終會到來，只是未知何時抵達。而雨季亦同時借喻為清洗、洗滌之意。如同柳永（985-1053）所寫的〈八聲甘州〉般「對瀟瀟暮雨灑江天，一番洗清秋。」思念同時，亦是洗滌「你」自身。即使「我」非「你」所期待的「雨季」，但仍希望成為「你」心中思念的一場雨，不論為自己的思念作奮鬥，還是為你達成心願僅此而已。可見短短四行的一首短詩，以「雨季」作為思念之情，表達出「你」對「他」的追憶；「我」對「你」的思念，牽涉三人的複雜關係。

亦如〈海葬〉一詩，全詩為：

很多時候

喜歡一個人
在沿岸的偏旁
練習說話
我知道
季節與海洋都會聽見
然後它們會告訴你
我過得很好

獨自「在沿岸的偏旁」，附近只有無邊際的「海洋」。因為「海洋」的存在，使「我」受到阻隔。若果沒有特別之事，又何需刻意「練習說話」的方法呢？可能是希望自欺欺人，說一些反覆練習過的話語表達出自己並無大礙，或許期望經由練習，將文字精煉，好讓「季節與海洋」這兩位傾聽者能夠頓時明白，抑壓良久之意，盡情釋放。如同范仲淹（989-1052）曾撰寫的〈蘇幕遮〉：「碧雲天，黃葉地。秋色連波，波上寒煙翠。山映斜陽天接水。芳草無情，更在斜陽外。」跟隨波浪搖擺，連同「說話」的情感，一併爆發。因「水」孤立自己，同時寄情於

「水」，情緒得以釋放及爆發。

若「輯一」所訴說的是追求希望中的無奈，那「輯二」就是探討無奈所導致的憂傷。前者仍然持有希望，為自己所追求的情，至少努力爭取過；後者是連僅餘光芒都失去繼而陷入絕望，頗有自暴自棄之意。

〈美好世界〉寫道「一些你的／一些我的／一些是我們想的」，述說世界構成是建基於「你」和「我」各自持有的部分，剩下部分則屬於「我們想」過的，停留於虛構階段。亦如〈外遇〉吟唱「她尚未離開／她卻進來了／她尚未離開／我卻進來了」，訴說仍未放棄上段戀情，就急於尋找替代品試圖取代「她」的位置。另一個「她」還未忘記上段戀情，「我」就進入了「她」的生命。短短四行就交代了關於三位人士為了療傷而匆匆尋覓替代品，表達出因情傷而促使隨意與人談情，可見其自暴自棄。筆者認為，有數首詩能夠好好體現出「輯二」所表達的絕望。

第一首為〈清商〉，全文為：

我的憂傷裡
總有你想要的鹽

雖然未知因由，但「我」已經受了傷，情緒陷入絕望的「憂傷」當中。而偏偏情緒如斯波動裡，竟有「你想要的鹽」。在古代東西方文明中，「鹽」有著重要價值。如工資英文（Salary）一詞源於拉丁文的（salārium），意為發放士兵買鹽的錢。「鹽」更能左右一個國家或城市經濟發展，德國城市——慕尼黑之誕生是因當時薩克森及巴伐利亞公爵「獅子」亨利與該區主教爭取鹽稅，當中爭奪而促使鹽路改變，因此慕尼黑城市得以興建及崛起。中國自先秦時期，鹽已經是能致富之物。戰國時期齊國富裕皆因位於沿海地區，靠煮鹽再進行售賣它國而獲得饒足。到西漢漢武帝（前156－前87）在位間更加設立「鹽鐵酒專賣」，經由官府專賣獲取稅數，並勒令嚴禁民間私自製造而獲取暴利。可見古代東西方文明中，「鹽」的價值小至影響日常生活，大至國家能否富饒。至於今天，其價值雖不再高昂，但在烹飪中仍佔重要一席。

細看〈清商〉一詩，「你」渴望的價值，至「憂傷」中誕生。那麼「我的憂傷」對於「你」而言，只為豐富你的價值而存在，還是作為你一生中的調味料，助你人生可以錦上添花呢？全詩展現出的唏噓，使讀者感覺到「我」的憂鬱是因「你」而起，為了使「你」能得到「鹽」，自虐地沉溺「憂傷」間，向你不斷提供想要的鹽。

第二首同樣訴說絕望的是〈距離〉，全文為：

揉搓一條細線
寄放在你的掌心
緊握就變成了掌紋
我沿著紋路行走
發現一座燈紅酒綠的城市
有著許多人際的曖昧
但都不是屬於我的

對於「你」的情感，「我」只好化作「一條細線」，成為「你」的「掌紋」，有闖入你生命之意。跟隨「你」命定的路走著，發現「你」的人生是「燈紅酒綠」，是如斯璀璨、不乏娛樂。如同「城市」般，居住了許多人，他們都擁有各自的人際關係，有「曖昧」、友情等等。即使走進城市，「我」非屬於這個社群，種種關係「都不是屬於我的」，只能靜靜旁觀。此詩滲透出一種縱使成功待「你」左右，但「我」始終不夠資格與「你」進一步發展關係。筆者感覺〈距離〉與中國朦朧派詩人顧城（1956-1993）寫的〈遠和近〉頗有異曲同工之妙，但本文暫不論述〈遠和近〉一詩，有興趣讀者不妨自行閱讀，感受顧城作品呈現的朦朧感。

全觀「輯二・風聲」，可以看出作者描寫對於經歷「輯一・清明節」思念的失敗，繼而引發憂鬱的絕望。「輯三・大難」則有著承上啟下的作用，探討絕望過後，靠著回望往事的美好而振作起來。

〈引路人〉中，「我與浪漫共同下馬／情詩被踩在地上」就描寫了「輯一」與「輯二」的思想，騎著「馬」追尋著「浪漫」的思念不再容許，放棄念頭繼而「下馬」後，雙腳踏在土地時「情詩」就遭受「我」的踐踏，代表失去自尊、思念。因將死而衍生的絕望「墳塚」由「遠方」趕來「密布」於四周。為了對抗絕望，「手執幡旗」以及「燭光」所代表的回憶與希望，成為「誓言的引路人」行該行的路。又如〈生活在畫布裡的人〉寫道「輕壓黑色村落／遠方隱約有人點燈／茅屋外有光來訪」，因「油彩傾斜」導致落下「大雨」，受憂傷困擾的「黑色村落」突然「有人點燈」為他們帶來了希望，象徵舊時美好的「茅屋」同時有希望「來訪」。「雨滴」在「敲響」一場「抑鬱的春雷」，但因為緬懷回憶使春雷打響，驚蟄四起，春天到來而萬物重生；或意為打雷後，布滿的抑鬱因而成功驅散。

如同〈是不是老了〉一詩寫道，全詩為：

午後的陽光都放學了
我們卻選擇
在鐘響裡複習青春
收集球場燈光
一顆年少的籃球
還在拋物線的路上
來不及回來

為了緬懷兒時與同學嬉鬧的「青春」時光，只能從遠方聽到學校鐘聲響起時進行「複習」。時間一去不返，但至少面對絕望時，仍有「青春」在背後支撐來勇敢面對。正正扣緊「輯三」希望帶出的主題——重新振作。

「輯四・孕」緊隨其後，為前三輯代表的歷程作總結，以及勉勵讀者尋找生命的意義。如「輯四」開首的〈過勞之島〉寫道「黃昏以後／我們集體請假／前往一個離死亡很近的地方」，全詩看似絕望不堪，偏偏要於大陽下山後前往「離死亡很近的地方」。但曾否想過，到那裡幹什麼呢？是要到一個適合自刎地方結束寶貴生命，還是另有所向，到距離「死亡」很接近的地方，認清「死亡」為何物，認清「死亡」的本質呢？甚或「死亡」在作者眼中，僅僅象徵享樂、休息之意，其含義讀者不妨自行猜測。〈喜歡你〉唱道「我們習慣以時間記事／寫下情緒的側臉／剛好跟你一樣／有一點好看」，「日子」不短也不長，「習慣以時間記事」，每天「情緒」亦有所變化，情緒好壞都是「我」的本質，構成「我」重要的一環，所以就算如何波動，也「輕」如「貓的步伐」，「有一點好看」。

〈喜歡你〉與〈新生〉有所呼應，全詩為：

有一道生命的消息
從遠方的隧道裡捎來

腳步輕盈，對於
這個世界還不太熟悉
我們就站在洞口
等待，心跳的童話

如「貓的步伐」一樣輕盈，「從遠方捎來」一則有關「生命的消息」。「生命」縱使是靜悄悄來，但有時候喜慶就是這般突然無聲無息抵達我們附近。期待將來如「童話」般美好，而感到亢奮「心跳」因而加快。「童話」可能隨時彈指可破，但「童話」的本質不就是如斯美好、「有一點好看」，為我們帶來希望及生命最原始的意義嗎？故「輯四」所表達的，是希望讀者重新振作後，能夠為自身訂立目標，對未來再次抱有希望。

綜觀四輯內容，能夠發現作者訴說著人生經歷了不少風波，讀者應如何渡過。每輯取名亦符合該輯表達之意，牢牢扣緊。如「輯一・清明節」使人聯想起唐朝杜牧（803-852）寫下「清明時節雨紛紛」膾炙人口的詩句；「輯二・風聲」套用了現實生活中，風大得能聽到時，多以颱風襲來等自然災害，其聲及災害何等可怕；

「輯三‧大難」聯想起災難，歷盡滄桑的經過，同時卻能想起「大難不死，必有後福」之意；「輯四‧孕」，無需贅言，萬物生命誕生之處，新生命到來之意。

對應每輯主題，由因追尋希望誕生出思念繼而感到無奈（輯一‧清明節），及後因失去光芒感到絕望（輯二‧風聲），透過緬懷過去慢慢振作起來（輯三‧大難）再重新對未來抱有希望（輯四‧孕）。余小光透過《往後餘生》此詩集，勉勵讀者不要因悲傷而絕望，反而應經歷過絕望而奮力尋找光芒。

＊作者備註：〈引路人〉題目修改為〈婚後生活〉，詩句亦有增減、修改。

【評論二】

行者無疆：余小光詩作的複義

◎余境熹　教授

余小光的〈清商〉寫道：「我的憂傷裡／總有你想要的鹽」。詩人的「憂傷」可以像「鹽」一般，「總」是能為讀者消去心頭的炎症，產生療癒作用，這是表層的解釋。進深點，題目的「清商」屬五音之一，其調悲涼淒清，如杜甫（712-770）〈秋笛〉有云：「清商欲盡奏，奏苦血霑衣。」余小光則應是以「古詩十九首」的〈西北有高樓〉為本：「清商隨風發，中曲正徘徊。一彈再三嘆，慷慨有餘哀。」如同〈西北有高樓〉的作者一樣，余小光也是「不惜歌者苦，但傷知音稀」，盼望能覓著「知音」，嚐他的「鹽」，懂他的「憂傷」。

然而客觀地，讀者之所以「總」能從作品中獲得「想要的鹽」，那是因為文學文本的意義空隙往往較寬，尤其新詩，每位讀者都可以讀入「想要」的訊息，一沙一世界，一花一天國。就以〈清商〉為例，發思古幽情的雅人亦可把「清商」視為「清代商人」，「鹽」是他經過一輪「憂傷」困頓的旅途後購回的商品，而「你」則是他深愛的家人。折射現代處境，確實也「總有」父母在外辛酸打工，累積「憂傷」，而把子女賴以維生的「鹽」（金錢）送回家去的故事。

這種複義並非由讀者單向主導，余小光自身亦「透過形式、意象、遣詞上的設計、調整與修改」，豐富了詩的歧異性，從而「在具有不同人生經歷的人眼中，得到不同的解讀與審美效果」[1]。例如〈外遇〉一作刻意頻密地使用代詞，「她尚未離開／她卻進來了／她尚未離開／我卻進來了」，起碼便能衍生出四種詮釋：

（1）第一位「她」尚未與某個男性分手，第二位「她」已經介入這段感情；第二位「她」還未跟那男子分手，第三個女的「我」又來插一腳。

（2）某個女子仍與第一位「她」做情侶時，又容許第二位「她」和自己眉來眼去，可結果是男性的「我」出場，改變了某女子的戀愛傾向。

1 崎雲（吳俊霖），〈在虛擬中見實境〉，《指認與召喚：詩人的另一個抽屜》，趙文豪、崎雲、謝予騰、林餘佐著（新北：斑馬線文庫有限公司，2020年），頁91-92。

（3）以肉體的角度看，最後的「我卻進來了」令人聯想到情慾畫面。
（4）從心靈的層面想，「進來了」意謂在心底佔了個重要位置。

敏銳的讀者應該還留意到，上述（1）的「某個男性／那男子」也可改為「某個女性／那女子」，組成全女班；（2）的「某個女子／某女子」又可轉為「某男子／某男子」，導出男男相戀，持續產生（5）、（6）以降各種新釋。撇開題目的「外遇」，我還想到：「（大女兒）她尚未離開（嫁人）／（二女兒）她卻進來了（生於這個家庭）／（二女兒）她尚未離開（嫁人）／（小妹妹）我卻進來了（生於這個家庭）」，腦補了連誕三女的家庭故事，讓詩的意義不斷「外遇」。

前面談到〈外遇〉「男男」、「女女」、「女男」的多元可能，而其實「性別流動」早見於余小光的詩篇。繼「五月天」〈雌雄同體〉、麥浚龍（麥允然，1984-）〈雌雄同體〉之後，余小光也寫出了同名之作：

我時常想起自己喜歡的樣子
尤其在審判之前的落地窗

你來，我就是洪水
流過了昨日以及
那多指節的領域；妳來
我就是主動的獸
解開那閉上眼睛的鈕扣
剎那即為領地的王儲

細心看，前半篇的戀愛對象用「你」，表示男性，後半篇的則用「妳」，代稱女性——「我」和男子有「落地窗」前的激情，「我」的慾望「洪水」氾濫成災，某「領域」被動渴求，需要「多指節」進入安撫；但面對女性之時，「我」又能變成「主動」一方，「解開」她胸口兩顆「眼睛」的小小「鈕扣」，像「獸」般悍然刺穿她的私密「領地」，做宰制一切的「王儲」。

極肉慾之後，讓我們翻開《聖經》（*Holy Bible*），余小光詩裡的「審判」、「洪水」、「獸」和「王儲」都與基督宗教的經文相應。像漢儒執意把《詩經》注成一部道德典範，我們或許可說余小光〈雌雄同體〉寫的是：在最後「審判」以先，信徒要用「洪水」洗盡「昨日」的不潔；從前人雖像與神敵對的「獸」，現在卻必須「主動」降服，「解開」被蒙蔽的「眼睛」，認識真理，成為「王儲」——〈啟示錄〉（"Book of Revelation"）二十章記載，忠實的信徒將要「與基督一同作王一千年」。

就這樣，屬肉的讀者可以在〈雌雄同體〉裡看到男與女左右逢源，屬靈的讀者則可以從〈雌雄同體〉見證神與人上下相通，而靈肉「同體」的人，也不妨啖著撒尿牛丸，讀出摻在一起的雜交訊息。詩無達詁，「總有你想要的鹽」。

最後略讀余小光的〈過勞之島〉：「黃昏以後／我們集體請假／前往一個距離死亡很近的地方」。題目的「島」應指寶島臺灣，職員除非是值夜班，否則時屆「黃昏」，理應都結束一天工作了，還何須特意「請假」呢？「請假」這一舉動，正正見出工時過長、員工「過勞」的特質。

我把注意力放在「死亡」一詞：「離死亡很近的地方」是指「睡眠」嗎？員工「集體請假」，放棄部分薪水，只求一覺安穩，哪怕起視四境而秦兵又至。但同時，「離死亡很近的地方」亦可指「失業」及其後續的「經濟拮据」和「存活困難」，意味「集體請假」的行為惹怒了資本家，職員慘遭解僱，要開始朝不保夕的生涯矣。

日本史上最暢銷的單曲是〈およげ！たいやきくん〉，中文可譯作〈游吧！鯛魚燒君〉。比喻上班族的「鯛魚燒君」因為厭倦工作而離開職場，結果牠只能住進廢置的沉船，鎮日躲避黑社會鯊魚的欺凌，飢餓時也只有海水可喝，無法果腹，「離死亡很近」，最終還逃不過被人捕獲吃掉的命運……

ちょっと待って！

等一等！〈過勞之島〉的「島」，是臺灣，抑或是日本列島？

語言文學類　PG3058　吹鼓吹詩人叢書58

往後餘生

作　　者 / 柯彥瑩（余小光）
主　　編 / 蘇紹連
責任編輯 / 陳彥儒
圖文排版 / 陳彥妏
封面設計 / 王嵩賀

發 行 人 / 宋政坤
法律顧問 / 毛國樑　律師
出版發行 / 秀威資訊科技股份有限公司
114台北市內湖區瑞光路76巷65號1樓
電話：+886-2-2796-3638　傳真：+886-2-2796-1377
http://www.showwe.com.tw
劃撥帳號 / 19563868　戶名：秀威資訊科技股份有限公司
讀者服務信箱：service@showwe.com.tw
展售門市 / 國家書店（松江門市）
104台北市中山區松江路209號1樓
電話：+886-2-2518-0207　傳真：+886-2-2518-0778
網路訂購 / 秀威網路書店：https://store.showwe.tw
國家網路書店：https://www.govbooks.com.tw

2024年10月　BOD一版
定價：280元

讀者回函卡

國家圖書館出版品預行編目

往後餘生 / 柯彥瑩(余小光)著. -- 一版. -- 臺北市 : 秀威資訊科技股份有限公司, 2024.10
面；　公分. -- (語言文學類 ; PG3058)(吹鼓吹詩人叢書 ; 58)
BOD版
ISBN 978-626-7511-04-6(平裝)

863.51　　113011125